SEI TUAS FRASES DE COR

TEXTO
GABRIELA ROMEU

ILUSTRAÇÕES
FLÁVIA BOMFIM

Peirópolis

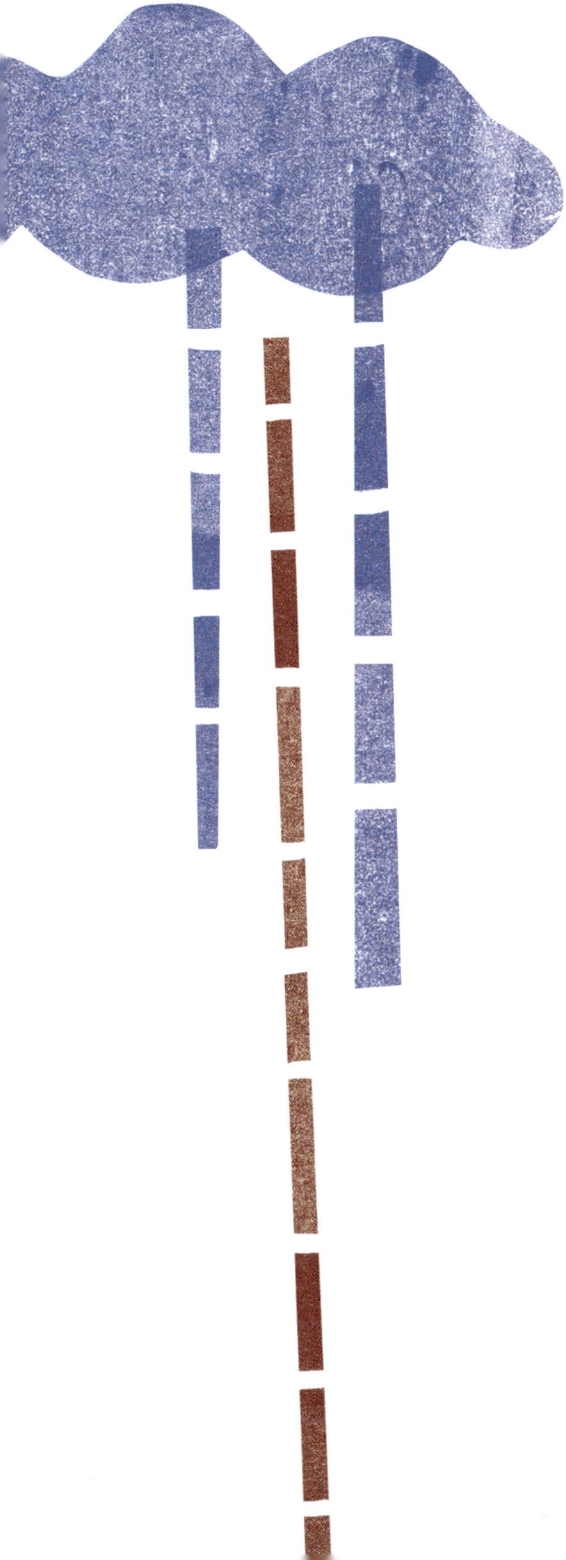

ACHADOS DA MINHA MÃE
LONGITUDES DO MEU PAI
MEMÓRIAS DA DONA AUSENTE

HENRIQUETA LISBOA

A tarde estava protegida das correntes de ar e o calendário da sala marcava ainda um ano distante. 1985, outubro quieto. O cheiro de papel de sempre, branco virando amarelo. Paredes sem rachaduras, nenhuma infiltração ou goteira.

Nada corria risco nos gaveteiros.

As coisas estavam no mesmo lugar, semanas depois. Quando alguém se muda de vez, assim, deixa a gente desarrumada por dentro.

De tudo saltava certa mudez e ainda assim te ouvia dizer:

"Não mexa nas caixas,
cuidado ao folhear os livros,
só toque nas fotos com luvas."

Os objetos se organizavam lado a lado pelas prateleiras, pastas, fichas catalográficas cheias de marcas de procura, álbuns de fotografias com um tanto de quem eu não sabia o nome e já me era tão familiar. A escrivaninha.
O retrato da poeta, Dona Ausente. A máquina de escrever Olympia. A cadeira vazia.

As memórias todas guardadas nos arquivos de metal cinza-frio.

Só me importavam as coisas de minha mãe deixadas em poucas caixas e gavetas naquela sala, daquela tarde. Naquela, daquela. As palavras nem sempre nos protegem da proximidade de um fato ou de um lugar. Eu me lembro daquele dia como se fosse hoje.

Na busca pelos pertences dela, imaginava que talvez encontrasse um segredo guardado em algum fundo falso. No relógio de ponto, do lado de fora, o cartão indicava somente a entrada e a saída dos dias, as horas numa tabuada de números repetitivos e arrastados.

PERTENCE *[substantivo]*

1. objeto de uso pessoal, pode guardar o cheiro de alguém;
2. o mesmo que pertença;
3. pertence, pertença, pertencer, palavras mais esquisitas de usar quando uma pessoa habita uma caixa solitária.

Por que as coisas vão morar em caixas?

Em casa, também crescia ilhada numa coleção delas.

Caixas de sapato, de aspirador de pó, de boneca, de perfume, de telefone, de fósforo, de bijuteria, de aparelho de jantar e de chá, de chapéu, de bombom, de grampo, de remédio contra reumatismo. Caixa de primeiros socorros. Caixas retangulares de goiabada, o doce em nacos gordos de todo dia de minha avó.

Algumas viviam vazias. "Guardando muitas esperas." Foi com minha mãe que aprendi a dizer das coisas falando de outras.

Sempre abria as caixas de casa atrás de alguma pista.

Um lenço, uma navalha.
Uma foto.
Um caleidoscópio de brinquedo.
Uma mensagem, um telegrama – ele
devia ser desse tempo.
Uma palavra.
Uma palavra qualquer que desse
notícia sua.

Nunca encontrei meu pai.

Naquele lugar, tudo era ordenado, descrito, classificado, numerado, etiquetado. Pasta 6/22. Lembrado.

Nas caixas, no pequeno baú de tampa curva, nas pastas e gavetas da mesa de trabalho de minha mãe, nem sempre as etiquetas sugeriam o que guardava seu conteúdo.

"Cada caixa é dona de uma confidência", jurava minha avó, a maior colecionadora de recipientes de todos os tipos, a maioria esquecida em cima do seu guarda-roupa de pés vesgos.

No topo de uma das pilhas, a caixinha de rapé. Ausência anunciada de meu avô. Toda vez que era aberta, exalava um cheiro que provocava cócegas ligeiras por dentro, tantas que eu me acabava num espirro socorrido por ela num abraço sem reserva.

Ao olhar aquelas caixas em casa, de longe, ficava quieta só enumerando saudades que traduziam minha avó.

O velho radinho sem pilhas.
As rugas que faziam caminhos em seu rosto.
O terço protegendo o pote de quitandas.
As olheiras debaixo dos óculos de minha mãe.

Mesmo esquecida de si, a saudade de minha avó era muita
e aguda, resistia como a ferrugem do portão de casa.

Minha mãe era feita de muitas preces.

Eu não me cansava de ouvir suas rezas noturnas, versos poucas vezes rimados. Decorados por mim com os anos e algumas estrelas cadentes.

Ouvia sem entender direito aquelas palavras que faziam longo percurso na noite: saltavam de seu coração, subiam a goela e escapavam pelas mínimas frestas dos dentes. Boca se mexendo de um modo contido e opaco. Olhos semicerrados.

Até que eu adormecia abraçada naquela voz.

Em momentos de repentina insatisfação, ela dizia que eu não me cabia em mim, braços, pernas e muitas perguntas se enroscando nas coisas do caminho. Tudo me fazia em interrogações.

Nem sempre respondia. Às vezes, dizia que eu era habitada de mares sem margens. A gente ria de um modo demorado. E me via boiando dentro de mim mesma.

Naqueles dias, talvez ainda hoje um pouco, sentia que tinham tirado a tampa do ralo. Dedos enrugados depois de horas esquecidos no cloro da piscina do clube.

SOBRANCEIRA

FULGURANTE

PÚRPURA

OBLÍQUAS

ARAGEM

CÁLIDA

TRIGUEIRA

Seus pertences, tinha ido buscar seus pertences.
Eu me esforçava para não me perder pelas gavetas, sobras, palavras. Palavras, não; enigmas. Vários deles decifrados por nós duas nos dicionários de páginas amarelando os anos nas estantes.

Passava horas ao lado de minha mãe recolhendo e anotando em papeizinhos palavras dos poemas da Dona Ausente. Muitos deles no fundo daquele pequeno baú guardando tempo na tampa.

Era ela quem lançava os desafios, verdadeiros jogos de adivinhas soletrados baixinho, sílabas mornas, pra não incomodar ninguém.

RESVALADIÇO

PÚCARO

APRISCO

INSÍGNIA

ÂNFORA

ETÉREAS

VASCAS

DRÍADE

DIÁFANA BRUMOSOS
ALVÍSSARAS
ALFOMBRAS
CONTENDA
LUFADAS
DÚBIO GERMINAL
OUTREM PRIMEVO PESTANAS
TÊMPERA
EXÍGUO
VERGEL
OFÉLIA CÂNTARO
INDELÉVEL
CHILREIO CLARIM ESTAMENHA
MIRRA
CIBÓRIOS ZÉFIRO DEBALDE
DOSSEL TENRA PORVENTURA
ÂMAGO BRAVIA LIAMES TANGIDAS
SOBRECENHOS ESQUIVA PEREGRINOS
SORVEDOURO MADEIXAS PÉRFIDO
CÉLERE LÍMPIDA LÍVIDO ABÓBADA
SOSLAIO AZOUGUE FIRMAMENTO
LÁJEA CAUDAL ASSOMAS QUINTA-ESSÊNCIA
LUTULÊNCIA DESVÃOS FRÊMITO ARIEL
UIARA CORCEL CENTELHAS EMBRENHES
MORTIÇA LETARGO SANHAS
FULGOR RELICÁRIO

As palavras da Dona Ausente eram diferentes das coisas do nosso dia a dia, entre as arrumações dos armários, o ponto de ônibus, a prova de matemática, a mochila pesada, as rachaduras da casa, o telefone do Instituto do Coração no ímã da geladeira, a mania da vó de varrer a sala três vezes ao dia.

Mesmo assim, fui colecionando em mim um glossário um tanto fora de uso. Algumas palavras do nosso dicionário me tornavam estranha em meu próprio cotidiano.

Era como andar de patins nas crateras da Lua.

Na escola, riam de mim, uma menina que soltava termos tão distantes quanto os planetas que dizia um dia visitar como astrônoma. Ou que colecionava nomes de anãs, estrelas e supernovas. Até a sexta série, calculava por "a" de "asteroide" *versos* "b" de "buraco negro" que seria astrônoma. Alguém corrigia: "Você quer ser astronauta!"

Não, pensava desbravar mundos sem quase sair da rua da ladeira onde morava, e ainda moro.

Quase, uma palavra que ela muito me pediu para não repetir tantas vezes. "As palavras podem se desgastar na língua."

Eu as imaginava derretendo como bala na boca.

QUASE *[advérbio]*

1. algo que está perto, por acontecer;
2. ideia de um tanto, por um triz;
3. foi por um triz que consegui dizer adeus para minha mãe.

Quase, uma palavra à beira do precipício.

Quando completei sete anos, herdei a enciclopédia guardada na cristaleira do corredor de casa. É como se meu mundo tivesse começado naquela coleção trancada a sete chaves.

Até então os livros viviam descascando idade nas lombadas.

Eram todos da infância de minha mãe, comprados a prestação por meu avô de um caixeiro-viajante que levava na mala intermináveis tratados de botânica, guias de rua e observação do céu, manuais para consertar “coisas de 1900 e bolinha”.

Como as coisas funcionam, Animais e plantas, Poemas e rimas,
Eu sou assim: me contavam os livros da enciclopédia.

Gente de outrora era seu preferido. O meu havia tempos estava perdido.
Era *O mundo e o espaço* e dúvidas de todo um dia:

Por que o céu é azul?
O que é uma tempestade de meteoros?
Como encontrar poeira espacial?

Cada vendaval é o primeiro vendaval?

Foi naquelas interrogações que alimentei meu interesse pelas nebulosas e descobri que "as estrelas eram os olhos da noite".

Muitas vezes, eu ficava na janela, segurando nas duas mãos o Universo, só esperando a chegada da minha mãe anunciada pelo rangido do portão para decifrar aqueles verbetes. Ainda lia aos tropeços.

As respostas da enciclopédia eram rimadas num jeito antigo, ela explicava, com seu sorriso nublado. A forma como se arranjam as nuvens nos ajuda a prever o humor do tempo e das mães.

Foi grande a surpresa de encontrar aquele livro guardado numa caixa de couro marrom, revestida de veludo roxo aflitivo no fundo, saudade já no tato. Ela nunca esquecia. Aquele lugar não deixava ninguém esquecer. Minha mãe tinha cuidado das páginas remendadas antes por mim com bandeide.

A vida do papel é constantemente ameaçada por umidade e calor, cupins e outras pragas. É difícil conter o fim das coisas, sua “degradação”, eu ainda vejo algumas palavras saindo de sua boca, contornando queixo e cotovelo. Seu ofício era também fazer as palavras se agarrarem por mais anos nas páginas.

Para grudar em mim um verso, eu me demorava nas suas palavras, sem ligar para seu sentido, só experimentando cada curva, letra, acento, um "p" e sua ponta sonora.

Já ela tinha suas próprias ferramentas, lupa, trincha, luva de silicone, bisturi, algodão, espátula de metal. Passava horas tirando com o pincel de pelo macio o pó e a morte dos livros.

Naquela sala, entre os arquivos, o tempo era largo e só um fragmento de luz entrava pela janela entreaberta e molhava os ladrilhos, ondas agitadas de sol. Dançavam de um jeito tão frágil, às vezes tão decidido.

A visita daquelas sombras devia ser encomenda da Dona Ausente.

AUSENTE *[adjetivo e substantivo de dois gêneros]*

1. alguém que se afastou [temporariamente?] do lugar em que habita ou se esconde;
2. que se encontra em forma de abstração, uma nuvem;
3. que não se tem presa à memória;
4. este lugar é mais do que repleto de lembranças dela.

A Dona Ausente não era ali só um resto de luz. Ela morava em todos os lugares da sala, até em papéis que muita gente jogaria no lixo ou esqueceria em alguma caixa.

Estava numa lista de contatos telefônicos ou correspondências, num recado em versos que recebeu de um amigo, num poema manuscrito, na foto 3 x 4 de cabelo impecável de sua carteira profissional e nos pêsames escritos por alguém que não teve coragem de desejá-los ao telefone.

Estava também nas mensagens que começavam de forma variada:

QUERIDA HENRIQUETA

D. HENRIQUETA

QUEQUETA

H. LISBOA

Sua assinatura às vezes só em duas letras: HL.

Da minha mãe só alguns indícios. E a minha vontade de escrever suas siglas em todas as caixas, riscar as etiquetas das pastas, rasurar aquela letra que indicava a paciência das mãos.

As coisas guardam nas caixas nossos esquecimentos.
Os esquecimentos são guardados como coisas nas caixas.
As caixas guardam nas coisas nossos esquecimentos.

Três frases possíveis de minha mãe.

No abrir e fechar de armários, caixas e gaveteiros, um a um, verdadeira sinfonia pela busca de minha mãe, encontrei uma redação escolar minha, escrita na quarta série, letra de mão que desafiava as linhas do caderno.

Estava entre recortes de jornal, revistas antigas e listas de afazeres.

NASCI NA RUA DO SUMIDOURO, UMA LADEIRA QUE JÁ FOI SÓ MORRO UM DIA.

Lá no alto onde fica a minha casa venta pela manhã e chove do regador da minha avó toda tarde.

Minha mãe nasceu na mesma ladeira. Ela disse que a gente se acostuma com a dor nas pernas e a preguiça da subida depois de anos morando ali. Acho que ainda não deu ano suficiente para me esquecer que tenho batatas ardendo na perna.

Não conheço meu pai. Ele passou tão rápido por minha vida que até esqueceram de colocar o nome dele na minha certidão. Minha mãe tem gafanhoto no olho se pergunto dele. Aí mudo pra pergunta de cometa.

Guardar faz parte do trabalho da minha mãe. Ela tem uma profissão que muita gente não sabe: arquivista, guarda os papéis e as coisas de uma poeta que tem foto no meu livro de português.

A minha avó cuida de mim, ela gosta de rezar, encher os potes de brevidades com as receitas do meu vô. Meu avô já morreu, e ela morre todo dia de medo de tromba-d'água.

Eu não sei ainda o que quero ser quando crescer, demora muito a se acostumar com a ladeira da minha casa, mas gosto de tudo o que é no alto e fica longe. No céu sempre caço estrelas e perguntas.

Me falaram que isso é coisa de astronomia. Sei mais fazer pergunta para terminar redação.

Quanto sol tem uma noite inteira?

FIM

A mesma caixa guardava sua caixinha de música. A bailarina que tinha o mesmo sorriso congelado de sempre. E eu, tantas perguntas enquanto ela dava voltas ao som do próprio mecanismo:

Como não se cansa desse circuito monótono?

Também se entedia com a missa aos domingos?

Quer fugir nesta noite?

Odeia as fórmulas da aula de matemática?

Se esconde no banheiro?

Depois do último rodopio, vem o quê?

Quantas vezes já ouviu dizerem "não sente de perna aberta, menina!"?

Será que o tule e a renda pinicam no caixão?

Por que esse coque tão, tão severo no alto?

Seus olhos nublam também nas tardes de verão?

Frequenta manhãs de piscina no inverno?

Já matou a sede na pia de água benta? Ouve *pop rock*?

Masca chiclete? Cospe no chão?

Às vezes, escondida?

Morte tem cor?

E ausência?

O que quer dizer "metafísica"?

Minha mãe era comedida em quase tudo, com algumas exceções.
Falava pouco, continha opiniões, economizava o dinheiro do táxi.

Nas leituras e nos estudos, no entanto, transbordava pelas beiradas dos livros. Rascunhava ponderações, assombros, discordâncias, e até ironias vazavam nas bordas das páginas.

Era como se preferisse pensar ao redor de um vulcão.
Suas palavras escapavam por todos os cantos nas muitas notas.

Entre as tantas poetas daquela sala, me dava uma vontade de pensar equilibrando linhas, esticando e tensionando em versos e abismos.

Mas me sentia quase ridícula, tão impossível fazer poesia quando lia os poemas da Dona Ausente ou de MA e CM ou da "poeta das cordilheiras", GM, nos versos traduzidos por HL.

A vida de minha mãe era sempre espreitada nas entrelinhas dos poemas, das cartas e de outros documentos.

Ela não escrevia diários, o que era mais apreciado por minha avó.
Da cabeceira da mesa da cozinha, seu perpétuo reinado, a vó sempre buscava formas de controlar o cotidiano.

DIÁRIO *(adjetivo e substantivo masculino)*

1. que se faz ou acontece todos os dias; cotidiano e cansativo;
2. escrito em que se registram os acontecimentos de cada dia, mas um dia acaba;
3. rascunhos desse turbilhão de sentimentos entre os achados e lembrados de minha mãe.

As palavras de minha mãe eram como o Universo, a cada segundo uma supernova explodindo em algum canto. Eu ainda não entendia, mas o vermelho da minha mãe já não sabia mais esperar.

Agia em silêncio, como aquelas pastas que ficavam penduradas nos arquivos, suspensas, a deixar o tempo balançar as pernas toda vez que deslizavam nos trilhos dos gaveteiros.

Uma vida quase na surdina, como nas festas de aniversário em casa, poucos convidados, um prato de doce que rondávamos, só duas ou três crianças. A vó se incomodava com os burburinhos.

Minha avó. A mãe dizia que a vó tinha um olhar soturno, e durante muito tempo eu entendia Saturno.

MECANISMOS DA POESIA
E DO CORAÇÃO

Da Essência

No íntimo, desconhece o poeta a sua mensagem,
antes de conseguir explicar-se através da obra.
Se a explicação for cabal, deixará de ser artística
para ser científica. Se for insuficiente, morrerá
da própria aridez. Em caso de prosaísmo,
há violação do mistério, esse clima delicado.
Em caso de hermetismo, sacrifica-se o mistério
ao desconhecido, ao problemático, ao inexistente.
O perfeito silêncio pertence à mística, a informação
elucidativa compete à ciência.
Nas auras do mistério reside a poesia, a equilibrar-se
entre o obscuro e o revelado, a palavra e o silêncio.

Com exceção do que é escrito à mão, aqui estão reunidos
excertos de Henriqueta Lisboa.

Foi naquele dia que abri a pasta azul-celeste.

Ela vivia com essa pasta, de casa para o trabalho, do trabalho para casa, saltando da bolsa de poucas urgências o dinheiro do ônibus, uma caderneta com anotações e listas por fazer, uma sombrinha, um espelho pequeno, um mal-estar que escapava, nenhum batom.

Ela dizia que ali carregava declarações de imposto de renda e contas a pagar.

Lista dos versos vestidos de azul:

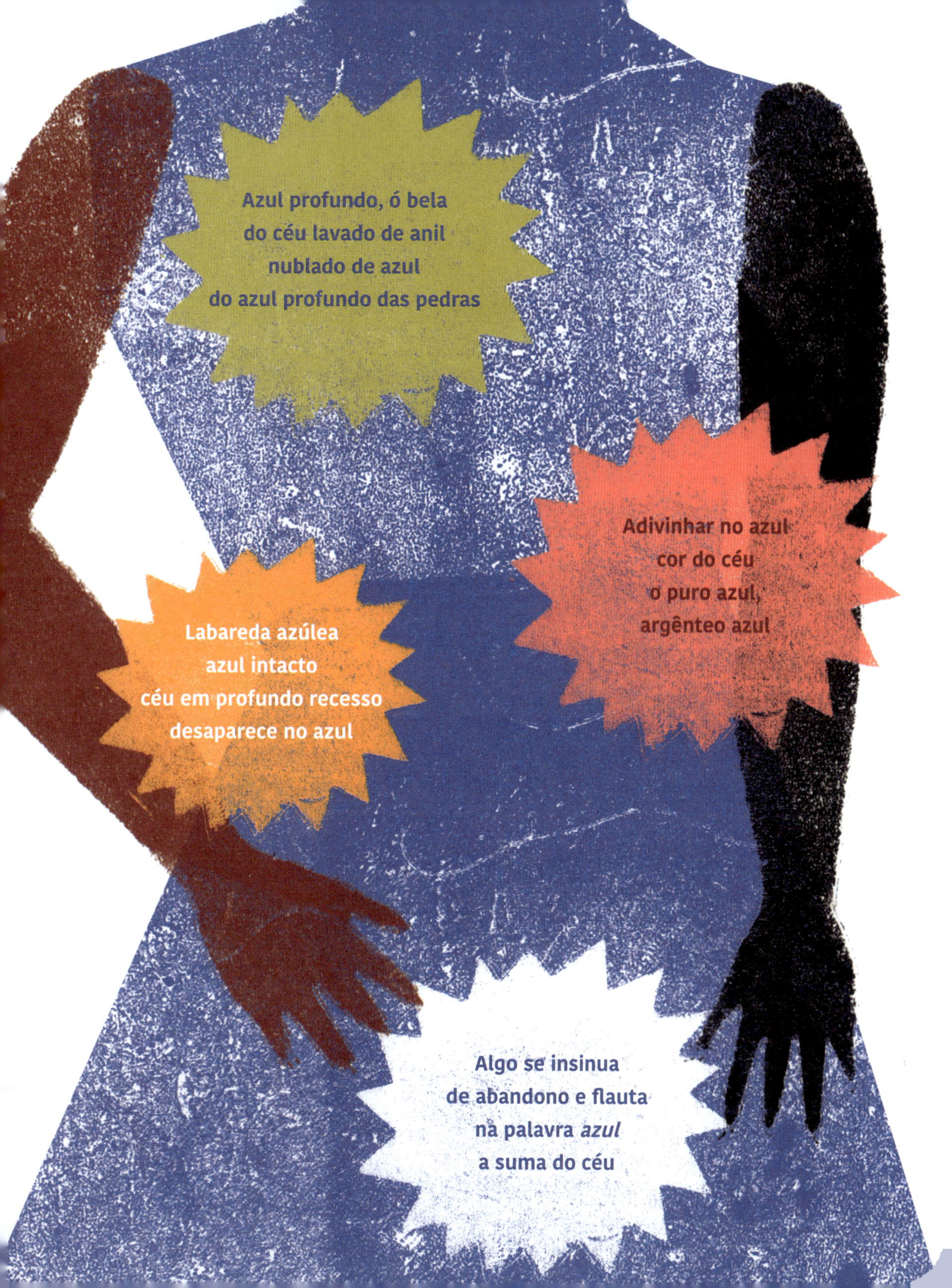

Azul profundo, ó bela
do céu lavado de anil
nublado de azul
do azul profundo das pedras

Adivinhar no azul
cor do céu
o puro azul,
argênteo azul

Labareda azúlea
azul intacto
céu em profundo recesso
desaparece no azul

Algo se insinua
de abandono e flauta
na palavra *azul*
a suma do céu

O azul dos versos da Dona Ausente era a cor de nossos dias, bem naquele tom do vestido de nuvem da minha vó.

Num papel amassado, estava um desenho meu, talvez feito lá pelos quatro ou cinco anos, quando a gente inventa figuras com cabeças gigantes em que quase se penduram o tronco e todo o resto.

O desenho de um homem, feito de lacunas e pedaços inventados por mim. Talvez meu pai.

Na gaveta da cômoda do quarto, durante um tempo guardei, entre as camisetas, algumas saias e calças, um pijama, uma pequena reunião de coisas que me ajudavam a imaginar meu pai.

Um mapa antigo do Brasil, do tempo em que nem existia ainda Tocantins. Um baralho incompleto. Caixinhas de fósforos com restos de borracha e outras coisas abandonadas. Uma flâmula do Cruzeiro, talvez ele fosse torcedor fanático.

Um guia de ruas da cidade, com páginas faltando desde quando ficou decretado que não servia mais para nada além de cobrir a gaiola das nossas calopsitas.

Eu era menina e fazia traçados por diversas ruas para ver se algum caminho me levava até seu paradeiro. O trajeto era sempre incompleto.

Guardava também um martelo emprestado da caixa de ferramentas do quartinho dos fundos. Esperava que, no dia de sua chegada, nossa casa ganhasse muitos quadros com fotos de episódios que um dia ainda viveríamos juntos.

Aquele branco das paredes se infiltrava de demora.
Na pasta, nenhuma conta a pagar.

A lonjura dos dias não era igual em todos os planetas que orbitam em volta do Sol. Fora da Terra, um giro ao redor do próprio eixo pode levar anos. Levei um susto quando aprendi.

Eu poderia morar dias longos como os de Saturno nas fotografias daquela sala. Todas em preto e branco, pessoas posando em paisagens que desconhecia, na fachada de casas de endereço anônimo, homens de terno e sorriso amarrado no rosto.

Escapava às vezes um segredo no canto inferior esquerdo de uma imagem. Quando eu passava de leve o dedo no papel da fotografia dos jornais, quase pressentia um recado. Para ouvir, bastava aproximar o ouvido e tocar de leve o ruído das lembranças.

Os álbuns de casa serviam para não deixar bater as janelas.

Eram tantas as histórias que aquelas fotos me contavam. Como olhar os dias do passado, às vezes espremendo um olho, abrindo bem o outro, assim como fazia com os monóculos da juventude de minha avó. Alguns deles guardados numa caixinha de aviamentos, no meio de colchetes, linhas e botões.

Eu me perguntava como eram os dias nas fotografias da Dona Ausente.
O que escapou no instante em que se disparou o botão da máquina?

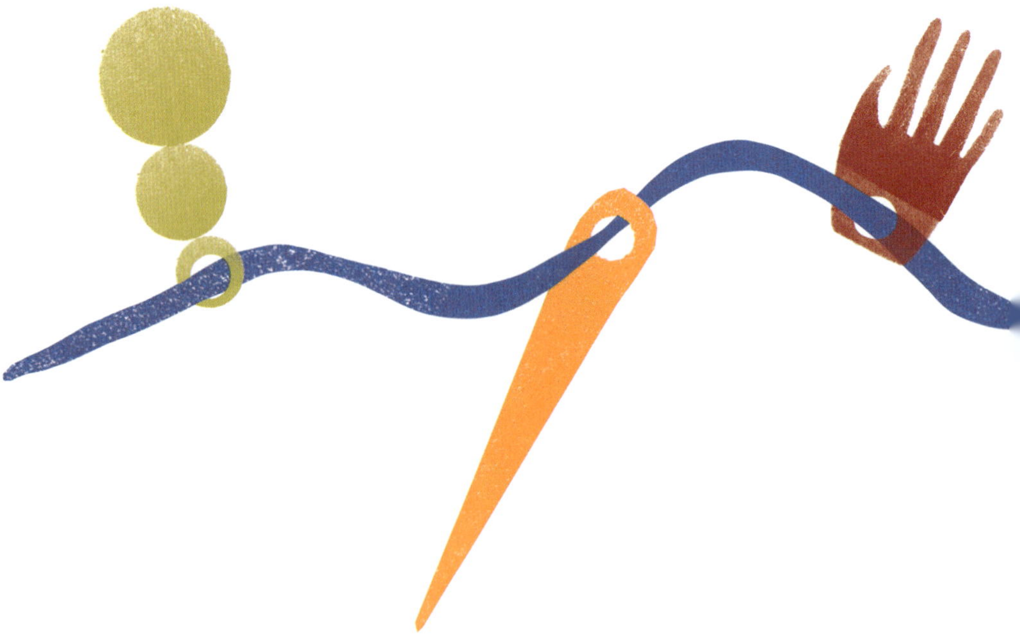

Eu me lembro de uma fotografia na qual diversas senhoras de chapéu e tule preto estavam reunidas, concentradas, talvez numa conferência.

Num dia de humor inusitado, minha mãe as definiu como a "sociedade das mocinhas de chapéu". Bem no centro, órfã desse objeto que decorava cabeças, estava uma mulher de "sobrenome de vento", que ela me contou ser a poeta das cordilheiras. Ao lado das outras mulheres, ela tinha um olhar distante.

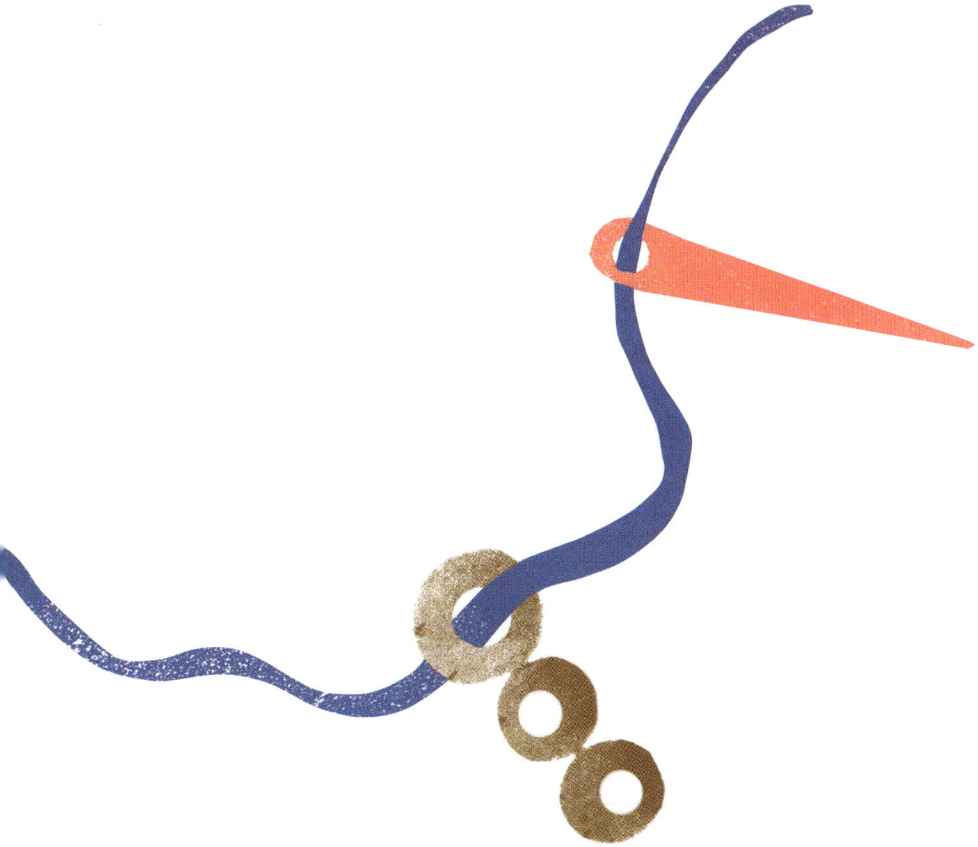

As fotos também se acumulavam de muitos vazios.

VAZIO *[adjetivo e substantivo]*

1. que não contém nada, ou quase nada;
2. o dia que não foi registrado;
3. o pai que nunca se revelou;
4. vão; oco; pai; a coleção de perfume sem conteúdo, com o cheiro dela; adeus.

Em casa, a estante, por tempos, colecionou uma caixa ovalada com uma multidão de cartões-postais, ficava entre os livros da prateleira de poesia.

Várias vezes a encontrei tirando os óculos, espremendo os olhos.
"Ler poesia é como flertar o mundo com olhos míopes, aquela sensação de entender tudo embaçado."

Entre os postais, a foto do gigante adormecido no rochedo. Em muitas noites, nós duas o libertávamos "daquela clausura". Ele então andava pisando em tudo, carro, sombra, gente, trevos da sorte e papéis por assinar, só desviando da morte e das nuvens.

Talvez numa madrugada de insônia ela tenha rascunhado algumas palavras no verso dos postais. Escrevia entre os cumes:

PEDRA É TEMPO EM ESTADO DE EROSÃO.

Sem ter para quem mandar, os postais continuavam apenas com o selo vencido, nenhum carimbo de correio.

Outra caixa, retangular, baixinho-achatada, o que tinha dentro?

Algumas fotografias particulares de minha mãe. Eram variadas e dispersas, como saltos de vara no tempo.

Guardava em mim a pergunta se estava ali alguma imagem de meu pai. Ou será que, num dia, no desejo de arrancá-lo de algum jeito de dentro, rasgara seu único retrato?

Entre aquelas imagens, uma foto nossa. Nós duas no quintal de casa, perto do canteiro hoje vazio, em outra época ocupado por uma imensa mangueira.

Balanço final: nenhuma foto de meu pai.

Ninguém mais escreve aquelas cartas do tempo da Dona Ausente, quando as palavras cruzavam terra, mar e céu e sua pretensa calmaria num envelope e aviso: matéria frágil.

As correspondências acordam os dias e as horas, os temporais não anunciados na tevê e a campainha.

Para mim, não passavam de um exercício das aulas de português: sempre começar com um tratamento formal ao destinatário e finalizar com uma saudação de despedida, de elevada expressão de estima. O tom de solenidade enfatizado pela professora deixava a classe ainda mais ruidosa e faminta pelo sinal do recreio.

Mas sempre me imaginei lendo mensagens de meu pai, enquanto observava naquela mesa o conserto das correspondências de HL.

Os restauros eram remendos nos rasgos do tempo.

“Com grande afeto e admiração constante, abraço-a de coração. Encontro finalmente uma hora de tranquilo recolhimento para escrever-lhe.”

As frases de HL nas cartas eram contidas, escritas caprichosamente numa letra que bem lembrava uma senhorita delgada em dia de chuva sem descanso, pendendo a um só lado da linha, como quem enfrenta sem pausa o temporal.

Eu queria escrever cartas como as de MA, guardadas por HL numa caixinha. Combinavam com ele e seu jeito irônico de olhar no retrato que estava guardado entre as coisas da sala de lembrar. Na foto, MA escondia pensamentos e piadas.

Henriqueta,

Estou me sentindo muito triste, muito abafado.

HL até se soltava mais nas respostas:

Sinto-me ainda um tanto vaga, meio divertida, meio triste, parece assim que perdi o sapato ao voltar de um baile...

Um dia o carteiro tocou em casa. Estava daquele jeito como quem sofre de asma, ofegante ao subir a rua. Trazia um envelope laranja-quase-incêndio na mão. Agitada, a letra tímida do remetente não me permitia saber logo de quem era.

Talvez fosse uma carta do meu pai. Ele, sem dúvida, não me enviaria uma correspondência num envelope em uma cor de poucas confidências.
A estima pelo destinatário começa já na escolha do papel.

Engano.

Mensagem de minha madrinha para o meu aniversário de dez anos.

Fiquei com cara de telegrama, como aqueles de palavras soltas, gritadas em caixa-alta, sem vírgula, como as do arquivo.

PROFUNDAMENTE
CONSTERNADA
ABRAÇO
ASSOMBRO
MAIOR
QUE
NUNCA

Mesmo assim não larguei por dias aquela folha de papel almaço.

A carta não demorou a amarrotar as palavras.

AIR MAIL
UNITED STATES POSTAGE
1 CENT
3 CENTS
THIS SIDE OF CARD IS FOR ADDRESS
a Henriqueta Lisboa
Rua Fernandes Tourinho 262,
Bello Horizonte
Minas Geraes
Brasil.

Numa das pastas do acervo, li mais de uma vez as cartas de HL para GM. Essa poeta, GM, conheci numa tarde em que minha mãe entrou em casa trazendo nas mãos um livro encontrado num sebo.

Comecei pelo fim, um relato biográfico. GM tinha sido uma menina solitária, tranças nos cabelos aos sete anos, criada num vale das cordilheiras dos Andes. Era filha de um domador de serpentes, iguanas e lagartos, e isso me fazia lembrar as histórias que meu avô contava. O pai desapareceu num dia pra nunca mais voltar. Ainda que pouco, ele tinha existido.

Comecei a fazer um monte de perguntas. Minha mãe, com aqueles olhos de gafanhoto, fechou o livro culpando as traças e a fome. “Hora do jantar!”, completou, sem que eu pudesse perguntar mais.

Então, quando ia ao acervo, procurava saber da poeta órfã dos Andes. Só achava as cartas da Dona Ausente. Ler apenas as cartas do remetente, sem ler na sequência as respostas do destinatário, aumentava ainda mais toda aquela solidão. Lidas uma atrás da outra, as cartas de HL para GM careciam de resposta.

Era como uma noite sem estrela.

A noite nunca foi um recipiente para o medo. O desconhecido me deu colo e prontidão. Meu temor sempre foi algo de cor indefinida, textura quase turva, pouco cheiro: o esquecimento.

Onde eram deixadas, armazenadas, ordenadas, empilhadas as coisas em estado de abandono?

Nos fundos de casa, depois das avencas e do varal, uma edícula caiada guardava tudo o que sofria de desamparo, não tocava, acendia, funcionava. Um lugar também com cheiro de pastas de arquivo.

Era naquele escuro onde ficavam os utensílios do meu avô, doido por tudo o que girava, mesmo que a manivela.

E as galochas, as marcas das brevidades no avental, os carimbos da confeitaria em potes de biscoito, barbante em rolo, tigelas e formas de bolo para todos os sabores, os cadernos de receitas com medidas em onças e livros de "banquetes memoráveis".

Quando a porta do quartinho ficava aberta, longe das chaves que tilintavam no bolso da vó, eu brincava de nomear, organizar e medir a temperatura das coisas.

Etiquetava as prateleiras com classificações variadas: objetos sem botão de ligar, utensílios que começam com "b", substantivos abstratos, entes perdidos, das coisas faltosas e infinitas.

Num dia de faxina, o esquecimento de algumas coisas se misturou com o esquecimento da vó. Já era tudo muito confuso pra ela. Alguns guardados então se organizaram em fila bem em frente de casa, à espera do caminhão do lixo, num horário em que não podiam ser salvos por ninguém.

Sobraram na calçada só as marcas da anilina que vazou de recipientes de vidro com a tampa frouxa. E a casa passou a ser triste sempre às três da tarde.

De todos os guardados daquela sala, minha mãe de novo cabia numa só caixa, tudo reunido. Uma caixa que cabia no meu colo, meus braços podiam abraçá-la numa só volta, sua tampa apoiando minhas mãos
e uma coleção de incertezas.

E aquele tumulto na garganta. Por dentro, muitos ruídos correndo entre pulmão, traqueia, coração.

Na volta para casa, no ônibus, procurava seus olhos no caminho de todas as tardes de fim de expediente.

"É o ônibus ou a cidade que chacoalha?" A gente brincava de repetir essa pergunta feita por mim bem pequena, nesse mesmo trajeto de letreiros, amarelos e um velho de guarda-pó.

Eu me sentei no mesmo banco de tantas outras vezes. Ela preferia a calmaria do fundo, longe das conversas do motorista e demais passageiros. Dificilmente desperdiçava uma exclamação sobre a chuva que caía miudinha.

O cobrador me acenou com a cabeça, talvez quisesse perguntar algo sobre aquela falta. Girei rapidamente a catraca, equilibrando com cuidado uma caixa sem muitas explicações.

A pergunta é uma seta que desconhece o alvo.

Da janela, a biblioteca municipal. Quase acenei para aquele prédio de luzes apagadas, só os livros, incansáveis, de pé nas prateleiras.

O motorista se demorou no ponto bem em frente ao local onde muitas vezes ela descia para devolver seus empréstimos. Duas vezes pensei em saltar naquela parada. Estavam na minha mochila os seus dois livros pendentes, ainda com os marcadores nas páginas.

Li tudo o que ela lera e também não quis saber do resto. Do fim, pouco me importava. Guardei o gosto de seu nome ainda constar na ficha.

Quarenta e dois minutos giraram no meu pulso até chegar ao ponto mais perto de casa. Outros seis minutos para subir a ladeira de plantinhas à toa nas rachaduras do asfalto até o portão de casa que estava emperrado havia anos sem conserto. Rangeu com entusiasmo, confundindo tudo com o barulho da panela de pressão.

Minha avó estava sentada à cabeceira da mesa, pratos, copos, guardanapos e talheres a postos simetricamente para três. O sempre-rosário no peito. Nunca se esquecia de preparar o jantar. Cheirava a alho, queixa e couve-manteiga verdinha.

Ela me fitou com aquele escorrido de leite espesso no olho esquerdo. Nenhuma pergunta. Um alívio. De novo abracei firme a caixa e tudo o que ela não me respondia naquele dia.

Respirei fundo, segui o corredor e abri de vez a porta do quarto.
Coragem a gente ensaia num só golpe.

Tudo insistindo em ficar do mesmo jeito.
Ninguém entrara ali nem para tirar o pó do lugar.
As coisas todas ameaçadas de ser ocas de sentido.

Sabia mais do que qualquer um tudo o que tinha em seu quarto. Sabia até quando uma correntinha estava perdida em outra gaveta, quando faltava o botão de alguma camisa. Eu era pequena e sabia.

Decorei os desenhos da cama, da penteadeira de mogno escorregadio, eterno cheiro de lustra-móveis, do espelho que emoldurava seus cabelos divididos em duas ondas, quase bonita.

A colcha de matelassê branca, “bem alvinha”, parecia afugentada dos raios de sol daquela tarde. No guarda-roupa, três vestidos e outros cabides vazios balançaram ansiosos ao simples abrir das portas. Não encontrei aquela saia azul-marinho de vai e vem de linhas na diagonal. Um livro permanecia à espera. Era tarde ao lado da cabeceira onde pousei a caixa, ao redor de um verso anotado no papel.

Morre de noite o amarelo.

Acordei não sei quanto tempo depois com o cheiro do feijão queimado anunciando o jantar. A avó se esquecera de novo de apagar o fogo, apesar do chiado das panelas.

No quarto, o escuro e todas as suas perguntas.

No meio daquele cansaço, vi que no teto algo brilhava. Esfreguei os olhos para enxergar melhor, como quem tenta decifrar estrelas numa paisagem de faróis.

Algumas palavras foram se formando, versos e siglas. Estiquei o braço para acender o abajur e, por surpresa, tateei uma lanterna pequena.

Ao acender, estava ali uma galáxia de poemas secretos.
Escritos à mão, alguns escorrendo do teto pelas paredes.

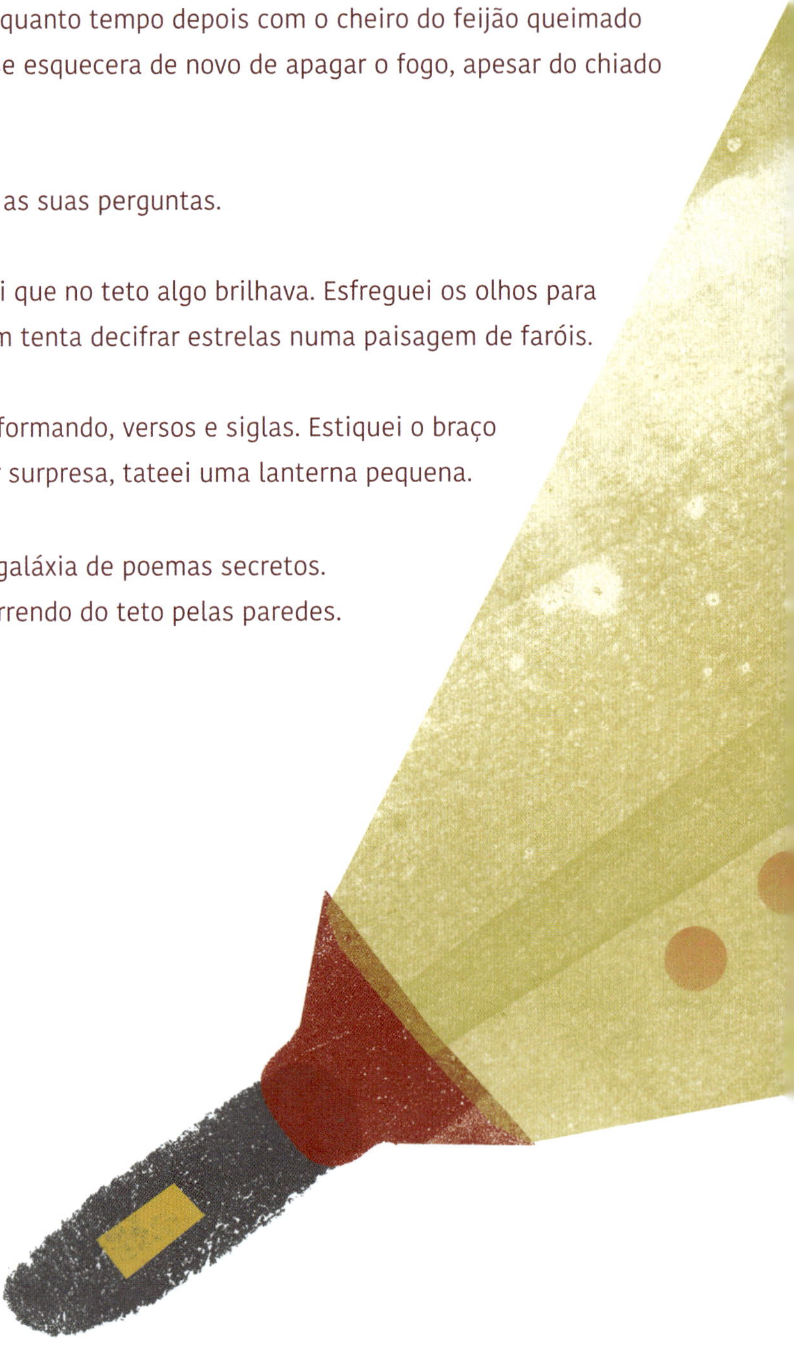

No centro daquela constelação,
um céu de guardar espantos
e dois versos, só dois.

NA MORTE, NÃO. NA VIDA.
ESTÁ NA VIDA O MISTÉRIO.

H.L.

INTRANSFERÍVEL PATRIMÔNIO, UM POSFÁCIO-SUSPIRO

Ana Elisa Ribeiro

Este livro deixa a gente em estado de poesia. Ao lê-lo, além de pôr reparo nas Henriquetinhas de coque alto que zanzam pelas páginas, viajamos pelos poemários de HL, pelas siglas de suas amizades, pelas trocas de cartas e mensagens de que podemos ser testemunhas, mesmo que em outra época. Também embarcamos no velar e desvelar das metáforas que nos passeiam pela poeta, num texto com certa fragrância de Manoel de Barros e um leve sotaque de Guimarães Rosa.

Logo de início, esses parágrafos, perfumados pelos versos da escritora mineira, fazem lembrar um de seus poemas mais encantadores: "Do supérfluo". Este aqui é um texto em que Gabriela Romeu põe uns livros dentro de outros, tornando-os o eixo das vidas das personagens, mas também das nossas. Dizia Henriqueta, no poema publicado em *Pousada do ser,* de 1982, que "também as cousas participam de nossa vida", e, embora sua lista de cousas fosse breve, o livro era o primeiro item dela. Mais adiante, a poeta incluía "A mesa sobre a qual me debruço cada dia mais temorosa de meus próprios dizeres"; mesa que era parte do "intransferível patrimônio" da escritora e que aparece na fotografia, entre estas páginas ilustradas pela Flávia Bomfim.

A menina que conta esta história é filha de mãe arquivista e pai ausente. O trabalho da mãe, de certo modo, também é lidar com lacunas, ausências, esquecimentos, emendas e permanências. Mãe que desconversa e foge do assunto a cada investida da criança investigadora para saber do pai; saber, afinal, de sua própria origem, da narrativa de sua existência. Mãe que desfia, toda noite, o que sua filhinha tenta tecer ao longo dos dias.

Das cousas henriquetianas que são personagens deste livro, podemos destacar as caixas. Caixas e seus vazios, caixas e seus recheios, segredos, omissões, possibilidades de especulações que dependem de que sejam herdadas por uma garotinha curiosa, interessada e afetuosa. Caixas com mistérios mais tarde revelados, entre eles a relação com pertences guardados, escondidos ou programados para serem vistos em certo momento. Os arquivos do trabalho da mãe fazem par com as caixas deixadas por ela, cousas de que a filha se valerá para rasurar sua história familiar cheia de ocos.

Sei tuas frases de cor põe as palavras e suas belezas inexatas no centro da cena. Aqui e ali, um dicionário ou glossário ajudam a imprecisar as palavras, mostrando-nos sentidos quase imaginados. Sensações, cheiros e vozes nos encabulam, enquanto espiamos a vida da garotinha e sua busca por uma história cheia de dúvidas e remendos. Palavras são pinçadas da poesia de HL e tornadas ilhas, para que possamos lê-las em solitário, observá-las na relação com a página, e não apenas com outras palavras. Termos isolados ou em listas desordenadas formam páginas inteiras, deixando que a gente lhes veja o encanto descontextualizado e nítido. Não em ordem alfabética, nem ao modo de índice, mas numa possível ordem de boniteza. Este é um livro todo afeto, todo busca, que, no entanto, deixa a gente pelo caminho, torcendo para que a menina protagonista encontre seu fio da meada.

Um arquivo é um conjunto de cousas do intransferível patrimônio de alguém. Não precisa ser uma pessoa famosa, nem um edifício imponente. As caixas da nossa personagem têm importância e fazem bem esse papel. O Acervo de Escritores Mineiros (AEM), onde estão organizados e guardados os documentos da poeta Henriqueta Lisboa, fica em um prédio robusto, sustentado por muito concreto, dentro da biblioteca central de uma das universidades mais importantes do Brasil, a Universidade Federal de Minas Gerais (UFMG). Depois de atravessar as ruas arborizadas do *campus*, subir uma pequena rampa, fazer a nossa identificação, superar as catracas e galgar alguns lances de escadas, é possível transpor as portas de vidro do AEM, onde trabalham pessoas que cuidam de silêncios, lacunas e fios soltos, e elas também os sabem costurar.

Lá dentro, em armários de aço bem pouco atraentes, estão guardadas as cartas de Henriqueta Lisboa a muitas pessoas, assim como as respostas de outras tantas, além de vários tipos de antigos segredos e possibilidades de revelações. Ao entrar lá, somos a menina em busca de histórias, especulamos, fazemos inferências encorajadas por trechos de cartas, contratos, bilhetes, livros, dedicatórias e muitos outros vestígios da escritora que HL foi. Vemos sua mesa, sua cadeira, seu porta-retratos, suas estantes, e, se a gente estiver atenta, dá para sentir de leve o som do toque dos dedos dela nas teclas pesadas da máquina de escrever. Pastas, envelopes, o depósito dos dias de vida e das interações, quase sempre à procura da poesia e de seus desdobramentos. As cartas sem resposta são tão inquietantes quanto os postais com assinaturas que não podemos decodificar sozinhas.

Para escrever este posfácio, foi preciso ler várias vezes *Sei tuas frases de cor*, até que a poesia nos embebesse dos pés à cabeça; fazer anotações a mão, com uma caneta metida a pincel; suspirar com nossa garotinha a cada resposta inexata, a cada suspeita sem confirmação, a cada saudade sentida, seja a do completo ausente (imaginado), seja a de quem esteve e não está mais; é um livro de respirar fundo, na vagareza de quem procura e não quer errar. Depois da leitura do livro, ainda é possível sentir por algum tempo uma espécie de cheiro-resquício que os textos poéticos deixam na gente, sua demora boa em dispersar, sua ressonância entre os sentimentos: amor, saudade, desejo e uma alegria salpicada de melancolia.

Henriqueta Lisboa é uma poeta de hoje. Investiu em deixar seu "intransferível patrimônio" na forma de objetos organizados, guardados, relatados; deixou suas caixas e suas cartas, suas cópias-carbono, suas conversas interrompidas ou demoradas. Seus versos andam confirmados em novas edições de seus livros, para onde a gente pode transferir nossa admiração e nossos desassossegos. Gabriela Romeu e Flávia Bomfim escavaram as ruínas, imaginaram o por trás dos arquivos, das gavetas e dos armários, para entregar a nós esta personagem em busca de outras, mergulhada nas palavras e nas quinas das caixas onde damos de cara com nossas emoções. Morte e mistério, vida e mistério, e quem é que nunca sentiu saudade, solidão e alegria, no mesmo quarto de hora?

Ana Elisa Ribeiro é escritora
e professora do CEFET-MG

HENRIQUETA LISBOA

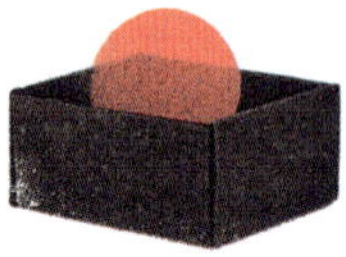

Henriqueta Lisboa nasceu em Lambari, sul de Minas Gerais, em 1901, filha de Maria Rita Vilhena Lisboa e do conselheiro João de Almeida Lisboa, um dos políticos de maior expressão da Primeira República. Diplomou-se normalista pelo Colégio Sion, da cidade de Campanha, ainda em Minas. Mudou-se com a família para o Rio de Janeiro em 1926, onde o pai foi eleito deputado federal. Em 1935 mudou-se para Belo Horizonte, onde exerceu várias atividades profissionais, como inspetora federal de ensino secundário, professora de literatura hispano-americana e de literatura brasileira da Pontifícia Universidade Católica e professora de história da literatura da Escola de Biblioteconomia da Universidade Federal de Minas Gerais. Foi membro do Instituto Histórico e Geográfico de Minas Gerais.

Notabilizou-se como poeta, tradutora e ensaísta. Em 1963, foi a primeira mulher a ser eleita para a Academia Mineira de Letras. Recebeu vários títulos honoríficos e prêmios, entre os quais o prêmio Machado de Assis, da Academia Brasileira de Letras, em 1984, pelo conjunto da obra.

Publicou vários livros de poesia e ensaios, realizou traduções de grandes poetas, como Dante Alighieri, Ungaretti e Gabriela Mistral, reunidos nos três volumes de *Henriqueta Lisboa: Obra completa* (Peirópolis, 2020). A rica correspondência que manteve com autores de sua geração, como Mário de Andrade, Carlos Drummond de Andrade e Cecília Meireles e todos os seus manuscritos e documentos estão reunidos no Acervo de Escritores Mineiros da Universidade Federal de Minas Gerais. Diversos estudos sobre a obra de Henriqueta Lisboa têm sido divulgados em livros, teses, revistas, suplementos literários de jornais.

Gabriela Romeu

Gabriela Romeu é escritora e jornalista, com mais de vinte anos dedicados a pesquisas e projetos na área da infância. É autora de livros como *Terra de cabinha – Pequeno inventário da vida de meninos e meninas do sertão, Lá no meu quintal – O brincar de meninas e meninos do Brasil, Irmãs da chuva, Diário das águas e Noite de brinquedo*, todos editados pela Peirópolis e ganhadores ou finalistas em diversos prêmios (Jabuti, FNLIJ e Cátedra Unesco). Escreveu *Sei tuas frases de cor* como quem abre com espanto as caixas de casa e também os arquivos dos acervos literários, recipientes ou lugares que guardam um tanto de vida, esquecimento e poesia, tudo misturado.

Flávia Bomfim

Flávia Bomfim é artista visual, ilustradora, editora e curadora. Gosta de colecionar coisas, imagens, frases, situações e maneiras de ser no mundo. De tempos em tempos junta um monte de gente no Festival de Ilustração e Literatura Expandido, FILEXPANDIDO, que organiza desde 2013. Tem muita curiosidade pelo livro ilustrado, acontecimento artístico-gráfico-literário que investiga, projeta, ilustra e escreve. Pelas suas ilustrações e livros recebeu o prêmio Green Island do Nami Concours 2021, uma menção especial no Bologna Ragazzi Award 2023, e prêmios FNLIJ 2023. Gosta muito de bordar, imprimir, publicar, cortar e dobrar papel. Pela Editora Peirópolis ilustrou os livros *Quiçá* e *Oxalá.* Para este livro que você tem em mãos, ela se divertiu muito experimentando texturas, definindo formas e criando colagens.

Editora
Renata Farhat Borges

Editora Assistente
Ana Carolina Carvalho

Projeto gráfico, diagramação e ilustrações
Flávia Bomfim

Revisão
Mineo Takatama

Dados Internacionais de Catalogação na Publicação (CIP) de acordo com ISBD

R763s Romeu, Gabriela

Sei tuas frases de cor / Gabriela Romeu ; ilustrado por Flávia Bomfim. – São Paulo : Peirópolis, 2025.
100 p. : il. ; 17,5cm x 22cm.

ISBN: 978-65-5931-357-0

1. Literatura. 2. Acervo. 3. Memória. 4. Morte. 5. Escritores mineiros. 6. Henriqueta Lisboa. I. Bomfim, Flávia. II. Título.

2024-2664 CDD 800
CDU 8

Elaborado por Vagner Rodolfo da Silva - CRB-8/9410

Índice para catálogo sistemático:
1. Literatura 800
2. Literatura 8

Editado conforme o Acordo Ortográfico da Língua Portuguesa de 2009.
Disponível em e-book nos formatos ePub (ISBN 978-65-5931-358-7) e KPF (ISBN 978-65-5931-359-4)

Peirópolis

Rua Girassol, 310f – Vila Madalena
05433-000 – São Paulo – SP – Brasil
Tel.: (55 11) 3816-0699
vendas@editorapeiropolis.com.br
www.editorapeiropolis.com.br

FSC
www.fsc.org
MISTO
Papel | Apoiando o manejo florestal responsável
FSC® C044162

Nota:

No livro interno, com exceção do que é escrito à mão, estão reunidos excertos de Henriqueta Lisboa. Um só verso da poeta está misturado às anotações da mãe: "O coração humano desconhece o repouso".

São também de autoria de HL os versos das páginas 53, 83 (no pé da página, em itálico) e 89. As palavras escritas à mão nas páginas 22 e 23 foram tiradas de poemas diversos da autora mineira.
As siglas CM, GM e MA referem-se aos nomes dos poetas: Cecília Meireles, Gabriela Mistral e Mário de Andrade.

"Dona Ausente" foi como Mário de Andrade chamou, certa vez, Henriqueta Lisboa

Este livro foi composto em Kohinoor Devanagari
e impresso em papel off-set 90 g/m2 nas oficinas da
Pifferprint, no inverno tropical de 2025.